# Ricitos de oro y los tres osos

Diana Herweck

**Editor**
Peter Pulido

**Editora asistente**
Katie Das

**Redactora gerente**
Sharon Coan, M.S.Ed.

**Gerente Editorial**
Gisela Lee, M.A.

**Directora Creativa**
Lee Aucoin

**Gerente/Diseñador de Ilustraciones**
Timothy J. Bradley

**Ilustrador**
Agi Palinay

**Editora comercial**
Rachelle Cracchiolo, M.S.Ed.

**Teacher Created Materials**
*5301 Oceanus Drive*
*Huntington Beach, CA 92649-1030*
**http://www.tcmpub.com**
**ISBN 978-1-4333-1000-3**

*Printed in China*
*Nordica.022019.CA21900056*

# Ricitos de oro

## Resumen del cuento

Esta es la historia de una niña que se llama Ricitos de oro y una familia de osos.

Un día los osos van de paseo. Salen de la casa para dejar que se enfríe el desayuno. Ricitos de oro ve que nadie está en la casa. ¡Entra en la casa y se come el desayuno! También se sienta en las sillas. ¡Y se acuesta en las camas! Vuelven los osos. La encuentran dormida.

¿Ahora qué pasará? Lee el cuento y lo sabrás.

# Consejos para la representación del teatro del lector

### por Aaron Shepard

- No dejes que el guión te cubra la cara. Si no puedes ver al público, necesitas bajar el guión.
- Levanta la vista a menudo. No mires el guión demasiado.
- Habla despacio para que el público entienda las palabras.
- Habla en voz alta para que todos te oigan bien.
- Habla con emoción. Si el personaje está triste, la voz debe expresar tristeza. Si el personaje está sorprendido, la voz debe expresar sorpresa.
- Mantén una buena postura. Mantén quietos tus manos y tus pies.
- Recuerda que aun cuando no hables, eres el personaje que interpretas.
- Narrador, deja que los personajes tengan suficiente tiempo para hablar.

# Consejos para la representación del teatro del lector *(cont.)*

- Si se ríe el público, espera hasta que dejen de reírse antes de continuar.
- Si un miembro del público habla, no le prestes atención.
- Si alguien entra en el cuarto, no le prestes atención.
- Si te equivocas, pretende que todo va bien.
- Si se te cae algo, intenta dejarlo en el piso hasta que el público dirija la vista a otro lugar.
- Si a un lector se le olvida leer su parte, trata de hacerlo por él. Inventa algo. Sigue a la siguiente línea. ¡No se lo susurres!
- Si un lector se cae durante la representación, haz como si no hubiera pasado.

# Ricitos de oro

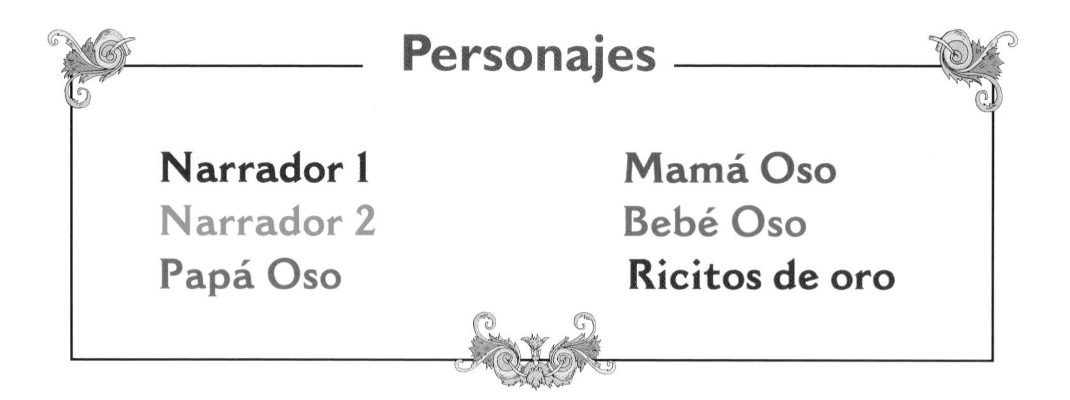

## Personajes

Narrador 1
Narrador 2
Papá Oso
Mamá Oso
Bebé Oso
Ricitos de oro

## Escenario

**Este teatro del lector tiene lugar en el bosque. Hay una casita. También hay una montaña verde y un arroyo azul.**

## Primer acto

**Narrador 1:** Es una mañana de primavera. La familia Oso se ha levantado temprano.

**Narrador 2:** Están listos para desayunar.

**Narrador 1:** La mamá Oso sirve la avena.

**Narrador 2:** Hay un tazón grandote. Es para el papá Oso.

**Papá Oso:** Ese soy yo.

**Narrador 1:** Hay un tazón de tamaño mediano. Es para la mamá Oso.

**Mamá Oso:** Esa soy yo.

**Narrador 2:** Hay un tazoncito pequeñito. Es para el bebé Oso.

**Bebé Oso:** ¡Ese soy yo!

**Narrador 1:** Tienen mucha hambre. La avena les parece deliciosa.

**Mamá Oso:** Aquí está la comida, papá Oso y bebé Oso. Espero que les guste.

**Papá Oso:** Estoy seguro que a mi me gustará.

**Bebé Oso:** A mí también. ¡Comemos ahora mismo!

**Narrador 2:** El papá Oso come un poco.

**Papá Oso:** ¡Ay! Está muy caliente. Necesita enfriarse un poco.

**Narrador 1:** La mamá Oso también la prueba.

**Mamá Oso:** ¡Ay! La mía también está caliente. Necesita enfriarse.

| | |
|---|---|
| Narrador 2: | El bebé Oso prueba la comida. |
| **Bebé Oso:** | ¡Ay! ¡Ay! ¡Caliente! ¡Caliente! |
| **Narrador 1:** | La familia Oso tiene mucha hambre. Pero la comida está muy caliente. Tendrán que esperar. |
| **Mamá Oso:** | Vamos de paseo. Vamos a pasear por el bosque mientras se enfría la comida. Veremos qué hay para ver en el bosque. ¡Vamos Osos! |
| Narrador 2: | Los Osos se ponen gorros y abrigos. Salen de la casa. El papá Oso deja abierta la puerta para que la comida se enfríe. |
| **Narrador 1:** | Los Osos pasean entre los árboles. Pasan cerca de un arroyo. Ven un pajarito. Los Osos lo siguen. |

**Mamá Oso:** Crucemos la montaña. Podemos caminar hasta el arroyo. ¿Qué crees que vamos a ver allá, bebé Oso?

**Bebé Oso:** Yo quiero ver un caracol
y un bicho y una rana y un
pez. ¿Puedo, Papá? ¿Puedo?
¿Puedo?

**Papá Oso:** Veremos lo que veremos.

**Canción: Los osos de la montaña**

## Segundo acto

**Narrador 2:** Los Osos ven muchas cosas. Ven árboles que son grandes y altos.

**Narrador 1:** Ven la hierba suave y verde.

| | |
|---|---|
| Narrador 2: | Ven bichos y ranas. |
| **Narrador 1:** | Ven un arroyo lleno de peces. |
| **Papá Oso:** | ¡Qué paseo más lindo! |
| **Mamá Oso:** | Estoy de acuerdo. |
| **Bebé Oso:** | Mamá, estoy cansado. |
| Narrador 2: | Papá Oso levanta al bebé Oso. Se sientan bajo la sombra de un árbol. |
| **Narrador 1:** | La familia descansa mientras se enfría la avena. |
| Narrador 2: | Al mismo tiempo, camina por el bosque una niña. Es rubia. Se llama Ricitos de oro. |

| | |
|---|---|
| **Narrador 1:** | Ricitos de oro también ve que pasa volando un pájaro. Y lo sigue. ¿A dónde crees que va el pájaro? |
| **Narrador 2:** | ¡Va a la casita! |
| **Narrador 1:** | Ricitos de oro golpea la puerta abierta. Nadie contesta. Mira por la ventana. No está nadie. |
| **Ricitos de oro:** | ¡Ay! Mira toda la comida. Hay mucha. Tengo hambre. Creo que le dará gusto a la familia compartirla conmigo. |
| **Narrador 2:** | Ricitos de oro mira hacia adentro. |
| **Ricitos de oro:** | ¡Hola! |
| **Narrador 1:** | Nadie contesta. Entra a la casa. |

**Ricitos de oro:** Solamente comeré un poquito. Estoy segura de que no les molestará.

**Narrador 2:** Ve el tazón grandote de avena. Toma un bocado grande.

**Ricitos de oro:** ¡Ay! Esta avena está muy caliente.

**Narrador 1:** Ve el tazón de tamaño mediano. Toma un bocado mediano.

**Ricitos de oro:** ¡Ay! Esta avena está muy fría.

**Narrador 2:** Ve el tazoncito pequeñito del bebé Oso. Toma un bocado pequeñito.

**Ricitos de oro:** ¡Mmmmm! Esta está perfecta.

**Narrador 1:** ¡Está tan deliciosa que Ricitos de oro se la come toda!

**Ricitos de oro:** Ya estoy satisfecha. Pero me duelen los pies. Claro que no les molestará si descanso un poco. Buscaré una silla.

**Narrador 2:** Ricitos de oro pasa al cuarto siguiente. Encuentra tres sillas.

**Narrador 1:** Ve el sillón grandote del papá Oso. Ve la silla de tamaño mediano de la mamá Oso. Y ve la sillita pequeñita del bebé Oso.

**Narrador 2:** Se sube al sillón grandote.

**Ricitos de oro:** ¡Ay! Esta silla es muy dura.

**Narrador 1:** Ricitos de oro se baja. Sigue a la silla de tamaño mediano. Se sienta y se deja caer.

**Ricitos de oro:** ¡Ay! Esta silla es muy blanda.

**Narrador 2:** Ricitos de oro se baja de la silla de tamaño mediano. Sigue a la silla pequeña y se sienta. Esa silla le gusta.

**Ricitos de oro:** ¡Ah! Esta es perfecta.

**Narrador 1:** Ricitos de oro se queda sentada. Se siente muy cómoda. Empieza a dormirse. ¡Pero, en ese momento, se rompe la silla! Con un ruido fuerte se cae al suelo.

**Ricitos de oro:** ¡Ay! Me dolió. Estoy tan cansada. Necesito acostarme.

**Narrador 2:** Y con eso, Ricitos de oro se levanta. Busca donde descansar. Ve las escaleras.

**Ricitos de oro:** ¿Qué hay arriba?

| | |
|---|---|
| **Narrador 1:** | Sube las escaleras. Arriba, encuentra una habitación. Hay tres camas. Está la cama grandota del papá Oso. Está la cama de tamaño mediano de la mamá Oso. Y está la camita pequeñita del bebé Oso. |
| **Narrador 2:** | Primero camina hacia la cama grandota. Se sube a la cama. |
| **Ricitos de oro:** | ¡Ay! Esta cama es muy dura. |
| **Narrador 1:** | Se baja de la cama. Luego, prueba la cama de tamaño mediano. Se deja caer. |
| **Ricitos de oro:** | ¡Ay! Esta cama es muy blanda. |
| **Narrador 2:** | Ricitos de oro se baja de la cama. Camina hacia la última cama. Parece ser del tamaño perfecto para ella. Se acuesta. |

**Ricitos de oro:** ¡Ah! Esta cama es perfecta. Voy a cerrar los ojos y descansar un poco.

**Narrador 1:** Y se queda profundamente dormida.

## Tercer acto

**Narrador 2:** Ricitos de oro duerme. Los Osos están de camino a casa.

**Bebé Oso:** Quiero mi avena. ¿Ya se ha enfriado, papá? ¿Crees? ¿Crees?

**Papá Oso:** Espero que sí. Tanto caminar me ha dado hambre.

**Mamá Oso:** ¡Pues, comamos!

**Poema: Sopa de chícharos caliente**

**Narrador 1:** Llegan a casa los Osos. La puerta queda abierta. Entran. ¡Están asombrados!

**Papá Oso:** ¡Alguien se ha estado comiendo mi avena!

**Mamá Oso:** ¡Alguien se ha estado comiendo mi avena!

**Bebé Oso:** ¡Alguien se ha estado comiendo mi avena! ¡Y ya no queda nada! ¡uiii!

**Papá Oso:** ¡Ay, no!

**Narrador 2:** Los Osos están cansados de tanto caminar. Papá Oso va a preparar más comida. Pero primero, necesitan descansar. Ven las sillas. ¡Otra vez se asombran!

**Papá Oso:** ¡Alguien se ha sentado en mi silla!

**Mamá Oso:** ¡Alguien se ha sentado en mi silla!

**Bebé Oso:** ¡Alguien se ha sentado en mi silla! ¡Y está rota! ¡Uiii!

**Mamá Oso:** ¡Ay, no!

**Narrador 1:** Los osos suben las escaleras. Quieren acostarse. Ven las camas. ¡Otra vez se asombran!

**Papá Oso:** ¡Alguien se ha dormido en mi cama!

**Mamá Oso:** ¡Alguien se ha dormido en mi cama!

**Bebé Oso:** ¡Alguien se ha dormido en mi cama! ¡Y todavía está ahí!

**Narrador 2:** Los Osos miran a Ricitos de oro. Ella está dormida. Pero escucha a los Osos. Abre los ojos. ¡Y ella se espanta!

**Ricitos de oro:** ¡Aaaayyyyy!

**Bebé Oso:** ¡Aaaayyyyy!

| | |
|---|---|
| **Narrador 1:** | Ricitos de oro salta de la cama. Corriendo, cruza la habitación. Corriendo, baja las escaleras. Corriendo, pasa las sillas y la avena. Corriendo, sale por la puerta y entra en el bosque. |
| **Narrador 2:** | Y la familia Oso nunca la vuelve a ver. |

# Sopa de chícharos caliente

## Tradicional

Sopa de chícharos muy caliente,
Sopa de chícharos tan fría,
Sopa de chícharos en mi mente,
Quiero comer todo el día

A unos les gusta caliente,
A otros les gusta fría,
Déjame decirte,
Con muchos vegetales la mía.

# Los osos de la montaña

## Tradicional

Los osos de la montaña
Los osos de la montaña
Los osos de la montaña salieron por ahí
Rondando por ahí, rondando por ahí

Brincaban por la montaña
Brincaban por la montaña
Brincaban por la montaña soñando sin dormir

Pasando por el río,
Pasando por el río
Pasando por el río un pez los vio reír

Rondando por ahí, rondando por ahí
Mojaban sus patas de agua
Mojaban sus patas de agua
Mojaban sus patas de agua andando por ahí

# Glosario

**arroyo**—un río pequeño

**asombrado**—sorprendido

**avena**—un cereal espeso hecho de avena o vegetales, mezclado con agua o leche

**casita**—una casa pequeña, normalmente en el campo

**montaña**—una pila de tierra que es más grande que una colina